YAMINA

Paul Geraghty

Edición original publicada en 1994 con el título:
The Hunter
por Hutchinson Children's Books
© Paul Geraghty, 1994
© De la traducción castellana:
   Editorial Zendrera Zariquiey, Barcelona, 1998
   Sant Gervasi de Cassoles, 79, 08022 Barcelona Tel.: (93) 212 37 47

Traducción y adaptación: Pilar Garriga
Primera edición: noviembre 1998

ISBN: 84-89675-77-5
Producción: Addenda, s.c.c.l., Pau Claris 92, 08010 Barcelona

YAMINA

Paul Geraghty

editorial
Zendrera Zariquiey

Para
O Serene One Sissons

Un día, muy de mañana, Yamina salió con su abuelo en busca de miel. Siguieron al pájaro de la miel y se metieron en la maleza.

—¡Quiero ver elefantes! —exclamó Yamina—. Abuelo,
¿tú crees que los veremos?

—Si los vieras, estarías de suerte —dijo el
anciano—. Desde que llegaron los cazadores, ya no se
ven muchos.

—¡Cazadores! —a Yamina le brillaban los ojos—. Yo
seré cazadora.

Yamina se puso a jugar a los cazadores. Disparó al poderoso elefante; siguió la pista a un rinoceronte hasta penetrar en la selva, muy adentro, y acechó a soberbios leones.

De pronto se giró para ver a su abuelo. Pero había correteado demasiado por la maleza y había perdido de vista al anciano y al pájaro de la miel.

Yamina gritó, pero no hubo respuesta: sólo silencio.

Entonces, Yamina oyó un sonido traído de lejos por el viento. Un grito triste y desesperado que le encogió el corazón. Yamina contuvo el aliento y escuchó.

Yamina miró hacia lo alto.
Los buitres, en el cielo,
planeaban en círculo, y
Yamina presentía el peligro
por todas partes.

—No vayas nunca sola por la maleza —le
habían advertido sus padres. Pero el sonido era
tan lastimero que Yamina decidió continuar.
 Y bajo el sofocante calor del mediodía, siguió
caminando, cada vez más y más lejos...

... hasta que llegó a un claro. Allí descubrió a un
pequeño elefante que intentaba en vano
despertar a su madre. Habían sido los
cazadores, y como Yamina, el elefantito estaba
perdido y atemorizado.

—No llores, pequeño —le susurró.

Yamina ladeó la cabeza para escuchar. Quizá
el resto de la manada estuviera cerca. Pero lo
único que oyó, en pleno calor, fue el ruido
inacabable de los insectos.

Yamina sabía que el bebé elefante no sobreviviría solo, así
que intentaría llevárselo a casa, y a lo mejor encontrarían a
su familia por el camino.

Pero el bebé tenía mucho miedo.

—No soy ningún cazador —le dijo Yamina con dulzura.
Durante largo tiempo estuvo hablando al elefante hasta que
éste se calmó y acarició a la niña con su trompa.

Yamina se levantó y anduvo unos pasos. Débil y tambaleándose, el bebé la siguió, agobiado por el ardiente calor. Entonces empezó a llover, y, refrescado por el agua, el elefante encontró fuerzas para seguir. A veces resbalaban y avanzaban con dificultad, pero seguían caminando a través de la tormenta.

Cuando se alejaron las nubes, el bebé se excitó, y por un momento Yamina creyó oír elefantes. Pero al detenerse a escuchar se dio cuenta de que sólo se trataba del susurro del viento entre la hierba. Durante un buen rato, el elefante no se movió. Después, triste y silencioso, continuó avanzando.

—Si algún día te pierdes —le había dicho su abuelo— sigue las manadas del atardecer; las manadas te llevarán al río. Y nuestra casa está al otro lado.

Pasó mucho tiempo hasta que Yamina y el elefante
encontraron la manada de cebras que atravesaba el llano.
La niña y el bebé se unieron a los sedientos animales en
la calurosa tarde.

Llegaron al río al ponerse el sol. Pero unos ojos ocultos les miraban desde el agua y Yamina presintió el peligro.

—No es seguro atravesar por aquí, pequeño —dijo la niña—. Hay que seguir andando.

Al girarse, Yamina creyó ver elefantes en el horizonte. Parpadeó y forzó la vista, pero sólo eran acacias que brillaban en la brumosa calor.

Yamina y el elefante prosiguieron su camino, pero pronto
el bebé empezó a quedarse atrás.

—Haz un esfuerzo —le pidió Yamina. Pero el bebé
estaba demasiado cansado para continuar. Mientras le
esperaba, Yamina pensó en su madre. Si pudiera
llamarla... Sus padres pronto comenzarían a preocuparse,
y no tardarían en salir a buscarla. El pequeño elefante
sollozó. No tenía madre a quien llamar. Yamina le
acarició con suavidad.

—¡Escucha! —le susurró al elefante. Se oían voces.
«¡Mis padres!», pensó la niña.

Pero las negras siluetas que vio en la distancia no eran sus padres.

—¡Cazadores furtivos! —exclamó en voz baja. Ahora Yamina tenía la sensación de ser también ella una presa. Rezó para que el pequeño no gimiera. Pero el elefante presintió el peligro y permaneció inmóvil como una piedra hasta que los cazadores se alejaron.

Al oscurecer, los gritos y aullidos de las criaturas de la noche provocaron que un escalofrío recorriera la espalda de Yamina. La niña se arrimó al elefante, y se pegó a él llena de miedo cuando resonó muy cerca un profundo y terrorífico rugido de alguna fiera hambrienta.

Cuando Yamina esperaba ser devorada, recordó de nuevo las palabras de su abuelo.

—Si alguna vez estás en peligro —le había dicho—, no pierdas la esperanza.

Así que Yamina le hizo caso, cerró los ojos y pensó en sus padres.

Pero lo que vio fueron elefantes. Su mente estaba llena de las grandes manadas de otros tiempos. Los enormes colmillos que su abuelo había visto en su juventud. Sombras gigantes de elefantes moviéndose como fantasmas a través de la sabana.

Yamina oyó muy cerca su profundo y tranquilizador murmullo.

Cuando Yamina abrió los ojos, estaba rodeada de elefantes, como si les hubiera llamado en su sueño. Yamina no tenía miedo.

—Llevaos al pequeño —dijo—. Y cuidadlo.

Al amanecer, la madre de Yamina la encontró
durmiendo sobre la hierba.

　—Estaba jugando a cazar y me perdí —dijo Yamina.
La niña anduvo muy cerca de su madre durante todo
el camino de vuelta a casa.

　—Nunca seré cazadora —se dijo para sí muy bajito
cuando llegaron al poblado.